DE LA

VÉRITÉ HISTORIQUE

DANS LA

TRAGÉDIE.

DE LA
VÉRITÉ HISTORIQUE

DANS LA
TRAGÉDIE;

Dissertation

LUE DANS LA SÉANCE PUBLIQUE DE L'ACADÉMIE DE LYON,

Le 29 Décembre 1837,

PAR

F. IMBERT,

MEMBRE DE CETTE ACADÉMIE.

LYON.

IMPRIMERIE DE G. ROSSARY,

Rue St-Dominique, 1.

—

1838.

DE LA
VÉRITÉ HISTORIQUE

DANS

LA TRAGÉDIE.

J'ai le projet de vous entretenir quelques instants de la tragédie historique. A ces mots, vous vous demandez sans doute quels sont mes titres pour traiter un semblable sujet, et par quel événement je quitte Hippocrate pour Aristote. Rassurez-vous, Messieurs, il n'en est rien ; je n'ai pas oublié que c'est à la section des sciences que j'ai l'honneur d'appartenir, et je ne suis pas assez téméraire pour aborder un sujet si étranger à mes travaux ordinaires. Mais l'art dramatique n'appartient pas exclusivement à la littérature ; il peint les passions , les vertus et les crimes ; il nous les montre dans le but de nous corriger. Or, je vous disais, il n'y a pas long-temps encore , une vérité qui serait triviale par sa simplicité , si l'expérience de tous les jours ne nous prouvait qu'elle est encore bien loin d'avoir passé dans la pratique; cette vérité, c'est que la connaissance de l'homme doit être la base de toutes les sciences qui ont l'homme pour sujet. Si donc nous partons de ce principe qui nous paraît incontestable, de même que l'anatomiste pourra exiger du peintre et du sculpteur qu'ils rendent avec fidélité la forme et la disposition de nos organes, le physiologiste pourra demander compte au littérateur de l'exactitude de son observation et de sa fidélité historique.

6

Avant d'aller plus loin , déterminons bien ce que j'entends par cette exactitude et cette fidélité. Certes, je n'ignore pas que les qualités du poète dramatique ne sont pas celles de l'historien. Je n'exigerai pas qu'il soit enchaîné par la succession des dates et par le fil des événements ; je sais qu'il a besoin d'une liberté entière , et je lui laisse celle de tout oser que lui octroie le législateur du Parnasse. Mais cette liberté est comme toutes les autres, renfermée dans des limites déterminées. Si elle peut réclamer pour elle un vers de sa charte poétique, tout le reste est consacré à lui donner des entraves. L'art lui a imposé ses règles et ses lois, et à défaut de celles de l'art , elle aurait encore celles de la raison. Cette faculté ne va pas jusqu'à confondre les époques, jusqu'à placer les noces de Cana dans un palais gothique , et à revêtir les habitants de Galilée du costume vénitien. Elle ne va pas jusqu'à oublier la situation des lieux, et elle n'a pu absoudre Racine d'une faute de géographie, quand il fait dire à Mithridate :

« Doutez-vous que l'Euxin ne me porte en deux jours
« Aux bords où le Danube y voit finir son cours. »

Il y a donc une fidélité historique indispensable même pour le poète. Nous exigeons de lui qu'une fois son sujet choisi, il en subisse les conséquences ; que lorsqu'il nous transporte dans l'antiquité , il nous la représente telle qu'elle était; et en effet, sans cette condition, le théâtre ne serait qu'un amusement dangereux. A quoi bon placer la scène à Argos ou à Pergame, si vous voulez nous peindre les mœurs de Londres ou de Paris.

Sur ce point je trouverai peu de contradicteurs; de tout temps on a cherché a obtenir cette vérité autant par la composition du poème que par les accessoires et la représentation. Le théâtre moderne a beaucoup fait en ce genre, et cependant, je ne crains pas de le dire, il est encore loin d'avoir réussi. Et comment y serait-il parvenu ? Suffit-il, comme on le croit d'étudier l'histoire ? Non, sans doute. L'histoire telle qu'elle est aujourd'hui est un assemblage incohérent de faits de touts genres. Comment le poète saura-t-il distinguer dans ce cahos, le mensonge de la vérité, l'expression de la raison des exagérations de l'enthousiasme, le fait général du fait exceptionnel ? Non, cela n'est pas possible. Sa critique ne peut être que l'expression d'un goût individuel, elle n'a rien de cette fixité qui annonce des principes sûrs et bien établis. C'est que l'histoire n'est pas encore une science ; en d'autres termes, c'est que les faits dont elle se compose, n'ont point de lien qui les unisse ; c'est qu'on ne nous a pas encore donné le fil qui doit nous conduire dans ce dédale.

Il n'y a qu'une théorie qui puisse nous offrir ces avantages. Naguères je vous en ai exposé une dans cette enceinte. Je vous disais que l'histoire n'était que l'étude de l'homme considéré dans le temps ; je vous disais qu'il fallait l'étudier en physiologiste après l'avoir étudié si inutilement en philosophe ; je vous disais enfin que l'humanité était un être collectif qui devait avoir toutes les qualités des éléments qui le composaient et que la formule la plus générale était celle-ci : identité de l'homme et de l'humanité ; donc identité dans leur évolution successive, donc l'humanité parcourt dans son développement les mêmes phases que l'homme. Elle a un premier âge réduit aux instincts, un second gouverné par les sentiments, un troisième soumis au raisonnement ou à l'intelligence, un quatrième où elle jouit de la plénitude de ces facultés, un cinquième qui constitue la décadence et la mort. Ce sont ces principes, Messieurs, dont je vais faire l'application en examinant à quel point nous en sommes de la vérité historique en fait de drames ou de tragédies. Mais nous ne sommes pas réduits dans ces recherches à des vues purement spéculatives; l'observation dont on fait tant de cas aujourd'hui, nous l'appellerons à notre aide. Le genre humain ne va point d'un pas égal dans toutes les régions qu'il habite : tandis que certains peuples sont destinés à marcher en avant, d'autres restent en arrière. Nous avons donc, de nos jours même , toutes les époques antérieures de la civilisation; et pour celui qui est bien convaincu que l'homme est partout foncièrement le même , que nous retrouvons partout les mêmes usages, partout les mêmes facultés , l'histoire de ce qui est nous dévoilera ce qui fut; l'étude des barbares de nos jours nous fera connaître ceux des siècles passés.

Nous sommes bercés avec les Grecs et les Romains. La Grèce héroïque surtout occupe une large place dans notre théâtre. Sur ce point, nous sommes plus loin de la vérité que sur tout autre, parce que cette époque est plus éloignée de nous et que ses annales sont plus confuses ; c'est pour elle surtout que nous avons besoin de guides, et c'est elle aussi que nous aurons surtout en vue dans ce travail.

S'agit-il de nous représenter Agamemnon prêt à immoler sa fille pour le salut de son armée, Oreste venant venger le meurtre de son père , OEdipe accomplissant les ordres terribles du destin, ses deux fils vidant avec acharnement leur affreuse querelle, nous plaçons ces héros dans des palais somptueux où l'architecture déploie toute sa science, où l'or s'allie aux marbres précieux, où des colonnes corinthiennes soutiennent une voûte élégante et hardie. En vérité est-ce là de l'histoire ? Je n'irai pas rechercher si ces différents ordres sont bien de cette époque, je demanderai seulement si ces hommes que nous faisons si grands habitaient des palais tels que ceux que nous leur donnons bénévolement? Non, Messieurs, ils vivaient dans un temps peu éloigné de celui où quelques Egyptiens fugitifs leur avaient apporté de nouvelles lois. Jusque-là les Pélasges avaient mené une vie errante, partagée entre les combats qu'ils se livraient et le soin de pourvoir à leur nourriture. Athènes, Argos, Mycène étaient bâties; mais il ne s'était pas écoulé assez de temps, pour que ces villes fussent autre chose que de pauvres bourgades, peuplées comme elles l'étaient de pâtres à demi sauvages, isolées les unes des autres et ne communiquant ensemble que pour s'attaquer ou se défendre. Le grand roi ressemblait donc bien plus à un de ces chefs d'Arabes que nous combattons aujourd'hui, qu'aux puissants potentats de nos états modernes. Et quant à cette expédition de Troie à laquelle ces héros doivent une partie de leur gloire, elle atteste leur faiblesse plutôt que leur puissance. Ils rassemblent toutes les forces de la Grèce pour cette entreprise. Leurs troupes sont transportées d'île en île dans quelques chaloupes mal construites : car ce ne fut que dans la guerre contre Xercès qu'ils commencèrent à avoir des vaisseaux couverts. Ils touchent péniblement le rivage, ils ravagent et tuent tout ce qui se trouve à leur rencontre. Mais les habitants se réunissent, fondent sur eux, les dispersent et s'apprêtent à brûler leurs vaisseaux, quand on reconnaît que par une erreur bien digne de l'ignorance de ces temps, on a affaire à des alliés et non à des ennemis : on est sur les côtes de la Mysie, et non sur celles de la Troade; dans le royaume de Télèphe, et non dans celui de Priam. La saison était avancée, on retourne en Aulide. Au printemps suivant, on remet à la voile, et on touche enfin les terres d'Ilion. Cette armée ne tarde pas à être décimée par la famine, la peste et la discorde, les trois ennemis constants de tous les généraux inhabiles ; enfin, elle reste dix ans pour s'emparer d'une ville fondée depuis cent cinquante ans à peine, d'une bicoque qui ne nous arrêterait pas vingt-quatre heures. Sans doute, la chute de Pergame est un événement important ; sans doute ce n'est pas une ruine ordinaire que celle qui a

.e privilége de former une époque dans la chronologie des nations: mais on a mal interprêté ce fait, quand on n'y a vu qu'une opération militaire. Si la destruction de Troie est une date importante dans nos annales, c'est qu'elle est le commencement de la lutte de l'Occident contre l'Orient. C'est l'idée d'un nouvel ordre social qui va renverser la force brutale de Babylone; c'est le début de ce grand drame dont le nœud sera sur le Calvaire et le dénouement sur le trône de Constantin.

Voilà ce que fut cette guerre fameuse. Nos poètes seraient donc plus près de la vérité en comparant Agamemnon à Abdel-Kader qu'à Louis XIV. Donnez au premier un Homère, il nous peindra aussi les vertus de cet homme primitif, c'est-à-dire sa fierté, son courage, son activité, ses emportements ; il nous représentera ses armes étincelentes, ses coursiers impétueux ; il augmentera de quelques zéros le chiffre trop prosaïque de ses soldats, et l'Afrique aura son histoire ornée de ces aimables mensonges dont l'antiquité a décoré la sienne.

Nos acteurs seraient plus vrais aussi , si , au lieu de couvrir leurs héros de pourpre et de pierreries, ils les revêtaient de la peau des bêtes féroces de leurs pays. C'était le vêtement habituel d'Hercule et de Thésée, et les paysans des Apennins et des Abruzzes, qui les valent bien, n'en ont pas d'autres de nos jours. Ou bien laissons-leur l'antique pallium; il convient à ces barbares, il annonce leur faible intelligence. En effet , s'envelopper dans une large pièce d'étoffe, voilà un vêtement admirable pour nos artistes, mais il n'en est pas moins fort incommode, et n'exige pas un talent bien exercé. Aussi c'est celui de toutes les nations peu éclairées, c'est celui de l'Arabe nomade, c'est celui du pâtre italien, c'est celui de l'Espagnol et de tous ces peuples chez qui le peu d'activité des facultés intellectuelles permet d'avoir du matin au soir les bras liés par un manteau. Mais tailler cette étoffe en compartiments, l'accommoder à la forme du corps de manière à nous garan tir des intempéries des saisons en nous laissant la liberté de nos membres, voilà où est l'industrie et la civilisation. Couper un morceau de cuir et l'attacher sous ses pieds avec des courroies fixées autour de sa jambe, voilà certes une chaussure bien simple, mais aussi bien grossière, lors même qu'on la décorerait du beau nom de cothurne. Mais préparer ce cuir de manière à le rendre imperméable, lui laisser sa flexibilité, l'ajuster de manière à ce qu'il nous garantisse du froid et de l'humidité sans gêner notre marche, voilà l'intelligence, voilà la science et ses bien- faits. Je sais bien qu'ici encore on veut trouver l'influence du climat. Sous le ciel heureux de la Grèce et de l'Italie, dit on, les hommes n'ont pas besoin de ces précautions si nécessaires dans les régions rigoureuses du nord ; mais le ciel de ces beaux lieux n'a pas changé ; et cependant Rome reçoit ses modes de Paris ; les Grecs ont pris le costume musulman, et les Turcs eux-mêmes quittent l'ample bénich pour la redingote européenne. Le costume exprime donc non pas le climat ou la température du pays, mais les mœurs, l'intelligence, l'industrie de ses habitants ; ou ce qui est la même chose, le degré de leur évolution cérébrale. Mais revenons à notre sujet.

Si le théâtre est si loin de la vérité sous le rapport des décorations et du costume, il l'est bien plus encore sous celui de la peinture des mœurs de ces temps reculés. Nous représentons à la vérité cette série innombrable de crimes qui composent leur histoire, mais nous adoucissons leurs traits pour les accommoder à notre sensibilité. Ce respect pour les morts, ce soin des sépultures, ces vengeances atroces, ces cruautés, ces meurtres, ne sont pas compris aujourd'hui; nous ne comprenons pas mieux ce mépris de la vie, qui forme un des caractères des peuples enfants.

Mais c'est l'existence sociale de la femme que nos poètes
défigurent complètement. On nous la représente comme
mêlée sans cesse aux hommes, courant librement de part
et d'autre, paraissant sur la place publique : rien n'est
plus faux. La femme se développe partout plus tardive-
ment que l'homme ; partout aussi elle est plus faible que
lui. Or, de cette infériorité physique et morale, dérive né-
cessairement un esclavage de fait, quand il n'existe pas de
droit. Tel est en effet son sort chez tous les peuples barbares qui existent aujourd'hui. Telle est sa condition chez
les sauvages de l'Afrique et du nouveau monde. Telle nous
la voyons chez les turcs, chez les orientaux, etc. En Grèce
elle ne fit pas exception. Elle était condamnée aux travaux les plus grossiers du ménage. Les riches comme les
pauvres allaient puiser de l'eau aux fontaines, veillaient
au soin des troupeaux, et pansaient les chevaux de leurs
nobles maris. Nausicaé, la fille du puissant roi des Phéa-
ciens, interrompt son père au milieu d'un conseil, pour lui
demander la permission d'aller laver ses hardes à la ri-
vière. Leur intelligence était faible et n'était pas cultivée.
Aujourd'hui encore, au Caire et à Constantinople, on ne
leur apprend rien, pas même les prières. Hippocrate, cé-
dant aux idées de son pays et de son siècle, les regar-
dait comme des êtres imparfaits. A cet âge de l'humanité
on les méprise, on les considère comme d'une nature in-
fime; aussi, ce n'est pas à leur raison qu'on s'adresse pour
les maintenir dans les limites de la morale et du devoir. La
loi règle toute leur conduite. Des tribunaux domestiques,
la censure des magistrats, des lois pour le règlement des
dots, des lois somptuaires, une tutelle austère et dont elles ne sortaient jamais : telles étaient les précautions dont
le législateur avait cru devoir les entourer.

Elles vivaient dans le gynécée, appartement particulier
tué dans la partie la plus reculée de la maison, et séparé par

une cour de l'andron ou appartement des hommes. Elles osaient à peine en franchir le seuil. Se présenter à la porte extérieure du logis eût été une tache. Les nouvelles mariées étaient tenues avec une grande sévérité. Lorsqu'elles avaient donné un enfant à leur époux, elles acquéraient avec le titre de mère, le privilège de n'être plus cloîtrées. Mais ce n'était pas un droit formel, et il dépendait toujours du mari de le révoquer. Dans tous les cas, la modestie portait les femmes à n'en user qu'avec la plus grande réserve. Elles ne paraissaient jamais en public que la tête couverte d'un voile, entourées de servantes non mariées et ayant dépassé l'âge de la jeunesse. Des vieillards partageaient quelquefois cet emploi. La garde des femmes de qualité était confiée à des eunuques.

Dans Eschyle, Antigone fille de Jocaste a obtenu de la reine la permission de quitter les personnes de sa suite pour monter avec un vieillard sur une terrasse de la maison, afin d'observer l'armée argienne. Avant d'y arriver son gardien examine de tous côtés si quelqu'un peut l'apercevoir. Les Grecs eussent été choqués de voir une jeune princesse paraître seule avec un homme dans un endroit écarté : après quelques moments, voyant arriver le peuple que l'alarme attire dans le palais, il la prie de se retirer dans son appartement ; car, dit-il, les femmes sont naturellement médisantes ; elles exagèrent le mal et c'est un plaisir pour elles de s'entre détruire.

Dans Sophocle, Oreste veut se faire reconnaître de sa sœur. L'aveu est important, et un auteur moderne n'aurait pas manqué de renvoyer le confident et la confidente, et de faire faire le tour de la salle à son héros afin de s'assurer que personne n'écoute. Sophocle ne pouvait pas commettre cette faute. J'ai un secret à vous confier, dit Oreste ; puis-je compter sur la fidélité de vos compagnes ? Je réponds d'elles, dit Electre ; vous pouvez parler. Et le secret est livré en présence du chœur.

Comparez ces usages avec ceux de la scène française où règne la liberté la plus illimitée, où Aricie, Iphigénie voient leurs amants sans témoins comme sans difficulté et voyez si c'est bien là cette fidélité à laquelle on a la prétention d'être parvenu.

Chez les tragiques grecs, la femme ne figure dans la fable qu'à son rang, si je peux parler ainsi; elle n'exprime que les passions de son sexe. Hécube pleure ses enfants; Alceste est un type d'amour conjugal; Antigone expose sa vie pour donner la sépulture à son frère. Sur notre théâtre, elle parle de tout, elle est partout, elle sait tout; elle déclame les plus beaux morceaux de philosophie, de morale et même de politique; dans Cinna, Emilie après avoir pesé les raisons qui ont fait asseoir Auguste sur le trône, entre dans une conspiration contre lui.

Mais la faute la plus grave consiste dans notre habitude de mettre l'amour partout. Il n'y a pas de sujet si terrible qui n'ait son intrigue amoureuse. Nos habitudes de galanterie sont attribuées à des barbares, et nous nous croyons obligés de rendre *Caton galant et Brutus dameret.* Ces goûts supposent chez l'homme une tranquillité d'esprit, un bien-être et surtout une douceur de mœurs, incompatible avec la vie de ces peuples guerriers. Ils supposent chez la femme un développement intellectuel qui n'est pas de cet âge. L'histoire de ces temps nous parle de rapt et non de séduction. Paris enlève la belle Hélène. Si ce crime souleva toute la Grèce contre le ravisseur, ce ne fut pas pour servir l'amour de Ménélas, ce fut pour se venger d'un acte de piraterie et de trahison. Les compagnons de Romulus vont-ils faire la cour aux femmes des Sabins? Non, sans doute, ils les enlèvent de vive force, sauf à se battre ensuite avec leurs maris. C'est sans doute en souvenir de cet ancien usage que les Spartiates feignaient encore d'enlever leurs épouses, lors de la célébration de leur mariage. Tout nous prouve que la suite de leur conduite conjugale était en rapport avec ce commencement. Dans l'Iliade , Jupiter au milieu du conseil des dieux , s'emporte contre Junon et la menace de lui faire sentir le poids de ses puissantes mains. Il est bien probable que dans le temps où les dieux se laissaient aller jusque-là, les mortels ne s'en tenaient pas aux menaces.

Ainsi en comparant nos auteurs dramatiques avec les tragiques grecs, sous le rapport de la fidélité historique , on ne peut s'empêcher de donner la préférence à ces derniers. La raison en est simple. Toutes les nations figurent sur notre théâtre ; il en résulte une difficulté très grande pour peindre des personnages de mœurs si différentes, mais que nous parvenons à éluder en les naturalisant fran çais. Les Grecs ne représentaient que des Grecs; c"est leur histoire qu'ils mettaient en scène ; ils vivaient dans un temps peu éloigné de celui où s'étaient passés les faits mémorables qu'ils célébraient ; il leur était donc plus facile d'arriver à cette exactitude que je réclame. Toutefois , ils n'ont pas complètement réussi. A la vérité , il n'y avait guère que 700 ans que la ville de Priam avait été prise , quand Euripide et Sophocle illustraient leur patrie ; mais pendant cet espace de temps, le peuple grec avait subi de grands changements. *Une organisation heureuse* l'entraînait dans la voie où il devait entraîner lui-même l'humanité. La terre était mieux cultivée , les villes s'étaient agrandies. La guerre existait toujours, mais elle était plus régulière ; ce n'était plus cette vie précaire et toujours agitée du nomade ; plus de calme avait permis plus de réflexion; l'amour des lettres et des beaux-arts avait pris un développement inconnu jusque-là. Sous les autres rapports l'éducation de ce peuple était faite. Le despotisme des chefs l'avait accoutumé à la soumission ; les violences , les meurtres , les cruautés de tout genre avaient réveillé les sentiments de charité ; l'abus de la force avait fait sentir le besoin de la justice, et le malheur de cette vie portait l'homme à l'espérance d'un meilleur avenir. Les lettres et la philosophie répondaient à ces nouveaux besoins. Socrate enseignait l'immortalité de l'ame; Zénon apprenait aux hommes à combattre ces instincts impétueux, ces passions violentes qui avaient pesé si douloureusement sur l'humanité. On déclamait contre le luxe, on vantait le mépris des richesses et on soutenait que la douleur n'était pas un mal. Les dieux devenaient plus doux ; ils ne demandaient plus du sang humain pour apaiser leur colère ; ils se contentaient de celui des animaux, des fruits de la terre ou d'un bouquet de fleurs. La femme commençait à participer à cette vie intellectuelle et morale; quelques-unes faisaient admirer leur esprit; par cela même leur joug devenait moins pesant; elles paraissaient dans les théâtres, elles étaient admises dans la société des hommes; la polygamie tombait en désuétude, et Platon proclamait l'égalité des deux sexes. Ces signes annonçaient plus sûrement que les oracles et les prophètes que l'ancien monde chancelait sur ses bases, qu'un nouvel ordre social s'élevait, que les temps seraient bientôt accomplis, et que le règne du Seigneur était proche.

Les poètes ne pouvaient pas se soustraire à l'influence de ce nouvel état de choses ; il les dominait à leur insu. Eschyle avait encore la rudesse primitive, mais Euripide exprimait déjà des sentiments plus doux. C'était sur la pitié que reposait le pathétique de ses pièces, et Sophocle plus hardi encore se flattait de peindre les hommes tels qu'ils devaient être, tandis que son rival les représentait tels qu'ils étaient ; en sorte que sous les noms d'Achille, d'Oreste, d'Agamemnon, ils faisaient à peu près le portrait des Grecs de Périclès, comme sous ceux de Mithridate, de Britannicus, d'Orosmane, nous faisons celui des Français de Louis XIV et de Louis XV.

Ces erreurs étaient inévitables et elles le seront tant qu'on n'aura pas une doctrine bien arrêtée sur le dévelop_pement de l'humanité. Voyez en adoptant celle que je vous proposais en commençant, combien cette marche incer-taine de l'historien devient sûre , combien ces origines obscures sont faciles à débrouiller. L'humanité, avons-nous dit, se développe comme l'homme; or, cette période héroïque dont nous venons de parler correspond évidem.ment à la première enfance de l'individu, celle qui s'étend de la naissance à sept ans. A cet âge, l'enfant n'a que des instincts; il ne connaît que ceux qui habitent avec lui, ses parents , les domestiques; il fuit les personnes qu'il n'a pas l'habitude de voir; il commande en maître à tout le monde, il se fait obéir; le *je veux* tient lieu de toutes les autres formules; il s'approprie ce qui lui convient; il brise, il déchire ses plus beaux habits; ses jouets les plus pré-cieux sont mis en pièces; il tourmente les animaux; il voit couler le sang sans pitié. A la moindre opposition il bat ceux qui l'approchent; ses amusements sont des luttes, des combats avec les enfants de son âge. Quant à ces facultés intellectuelles, elles se bornent à prendre connaissance du monde extérieur et à exprimer ses sensations par un lan-gage défiguré par des expressions qui lui sont propres.

Nous retrouvons tous ces caractères chez les peuples enfants. Toutes les nations commencent par vivre en fa-mille et en petites bandes; ces familles n'ont aucune liaison avec les familles voisines, ou sont en guerre avec elles ; le besoin de posséder se manifeste par le vol. L'homme de ce temps détruit tout ; il immole sans remords ses sem-blables ; il coupe l'arbre pour cueillir le fruit. Le besoin de commander s'exprime par le règne de la force ; la force seule gouverne ces sociétés; elle se résume par la guerre et l'esclavage. La guerre est la plus haute manifestation de ce degré d'évolution encéphalique; tous ces peuples ne vivent et ne se soutiennent que par elle ; elle existe de famille à famille, de tribu à tribu, de peuple à peuple. *Hotis* signifie à la fois étranger et ennemi ; aussi la force est-elle la qualité la plus estimée. Homère vante sans cesse la taille élevée, les larges épaules, la vigueur de ses héros; l'éducation consiste à l'accroître. Les amusements sont des luttes gymnastiques ou même des combats véritables dans lesquels des milliers de gladiateurs s'égorgent aux grands applaudissements du peuple.

L'esclavage résulte de la guerre; car celui qui succombe, s'il conserve la vie, est à la discrétion de son vainqueur. Le gouvernement est toujours le despostisme d'un seul ou le despostisme de quelques privilégiés. L'esclavage se reproduit jusque dans la famille. Le père a droit de vie et de mort sur ses enfants, et il sacrifie impitoyablement celui qui ne jouit pas d'une constitution vigoureuse. La femme n'est comptée pour rien dans la société, c'est un instrument de propagation et rien de plus.

L'état intellectuel de ces peuples est faible et ne s'élève guère au-dessus de celui de l'enfant ; la chasse et la pêche composent toute leur industrie. Ils habitent d'abord les cavernes des rochers; plus tard ils se construisent des huttes, des instruments de guerre, des villes, des temples , des palais; mais tous cela est fort éloigné de ce que nous faisons de nos jours. Leur architecture, même en prenant pour exemple celle des Egyptiens, que quelques savants voudraient nous donner pour modèle, porte le cachet de la force p'utôt que du savoir. D'immenses quantités de matériaux accumulés en pyramides, des blocs de pierre énorme taillés grossièrement en statues, en colonnes, en obélisque; voilà ce qu'on soumet à notre admiration. On ne remarque pas que ces architectes si étonnants ne savaient pas faire une voûte, et qu'il leur fallait des siècles, des populations entières et tous les trésors du pays, pour des travaux que nous exécutous en peu de temps, à peu de frais , et avec une poignée d'hommes.

Leur langue est pauvre, et la difficulté des communications fait qu'elle diffère dans chaque bourgade.

Je pourrais continuer ce parallèle, mais je ne ferais que répéter tout ce que j'ai dit auparavant. C'en est assez, je crois , pour démontrer ce que je voulais établir, savoir : l'identité du développement de l'homme et de l'humanité, l'analogie parfaite des temps héroïques de l'espèce, avec la première enfance de l'individu.

Jusqu'ici je n'ai eu en vue que la tragédie héroïque ; mais ces considérations s'appliquent à plus forte raison à la littérature et à la philosophie. Voyez , par exemple, à quelles aberrations peut conduire l'ignorance de tout principe sur ce point. Horace, le favori d'Auguste, l'ami de Mécène, ne désire rien tant que la vie errante des Gètes et des Scythes. Ovide, Juvénal , au milieu du luxe de Rome, regrettent le bonheur de l'âge-d'or où les hommes se nour - rissaient de glands et couchaient dans des cavernes. Jean Jacques nous énumère longuement les malheurs que les sciences et les lettres accumulent sur le genre humain , et ne voit d'autres remèdes que de retourner dans les bois et d'y marcher à quatre pattes. Enfin, de nos jours même , un de nos écrivains les plus illustres nous peint la vie des sauvages de l'Amérique sous des couleurs si séduisantes, qu'on se demande comment il a quitté leurs savanes pour son hôtel du faubourg St Germain. De semblables idées sont-elles dignes d'un homme grave? N'est-ce pas perdre son temps à de laborieuses bagatelles. Ces auteurs se trompent-ils eux-mêmes ou espèrent-ils tromper quelqu'un par leur enthousiasme simulé? et dans quel but? à quoi bon parer le mensonge de tant de fleurs? La vérité n'a-t-elle pas aussi sa poésie et ses inspirations?

Mais, en ne considérant notre théorie que sous le rapport de l'art dramatique, peut-être a-t-elle une plus haute portée, peut-être là est-elle plus essentielle que dans les travaux purement historiques. Le théâtre est un moyen puissant d'éducation. Le peuple lit peu, et quand il lit, il ne profite guère de ses lectures. Il s'instruit par les chants de ses poètes, parce que la tournure piquante des idées s'unit au pittoresque du langage et au rythme de la versification. Il s'instruit par les spectacles, parce que là, le précepte est mis en action et que la peinture, la musique, viennent le graver dans sa mémoire. Les habitants d'Abdère devinrent fous à une représentation de l'Andromaque de Sophocle. Lors de la vogue des brigands de Schiller, plusieurs jeunes Allemands de bonne famille se firent chefs de voleurs. Qui sait si notre étrange admiration des Romains et des Grecs n'a pas contribué pour beaucoup aux orgies sanglantes de leurs cruels imitateurs.

Étudions l'antiquité, Messieurs, mais que ce soit pour la plaindre et non pour l'imiter. Voyons-la telle qu'elle était, et nous serons bien persuadés que nous valons mieux qu'elle, quelle que soit sa valeur. Semblables au Janus du vieux Latium, quand nous jetons nos regards en arrière, sachons aussi les porter en avant. Soyons bien convaincus que le bonheur n'est ni dans les institutions du moyen-âge, ni dans celles d'Athènes ou de Lacédémone. L'avenir nous appartient, mais le passé est comme le Styx, qu'il n'est pas donné à l'homme de traverser deux fois.

Cette fidélité historique est-elle compatible avec nos mœurs, avec les exigences de notre goût et nos habitudes dramatiques? Ce serait une question à développer, mais elle n'est pas de mon ressort. Je vous ai parlé en naturaliste et non en littérateur. Ce n'est pas une poétique, c'est de la physiologie que j'ai voulu faire.

FIN.